Loi n° 49.956 du 16 juillet 1949 sur les publications
Destinées à la jeunesse : septembre 1993
Dépôt légal : décembre 2001
Imprimé en France par Mame à Tours

Yvan Pommaux

Une nuit, un chat…

lutin poche de l'école des loisirs
11, rue de Sèvres, Paris 6e

Toutes ses nuits, Groucho les a passées sagement dans son lit.
Mais cette nuit, poussé par une force mystérieuse…

...Groucho franchit la lucarne et sort, seul.

Ses parents s'y attendaient.

Tous les parents chats attendent avec angoisse cette nuit-là : la nuit où leur enfant sort pour la première fois seul.

Ne risque-t-il pas de se perdre, le pauvre petit ? De tomber d'un toit, ou dans un trou ? Il y a pire : un énorme rat d'égout, qui a déjà dévoré plusieurs chatons, rôde dans le quartier...

Or, chez les chats, il existe une loi, une règle d'or : lorsqu'un chaton sort pour la première fois, seul, la nuit, ses parents le laissent faire.
Empêcher leur chaton de sortir cette nuit-là serait un déshonneur pour des chats.

Tu as raison! Personne ne le saura!.. De toute façon, je ne pourrais pas rester là toute la nuit à attendre sans devenir fou!!

La nuit est douce.
Elle est toute proche, caressante.
La nuit, tout peut arriver.

Groucho sent qu'il va vivre des moments exaltants,

des moments délicieux,

vertigineux et rebondissants.

La nuit, les chats dorment, lisent,
se câlinent, se promènent…

.ou font la fête.

La nuit…

…Groucho constate
que tous les chats
ne sont pas gris.

Bientôt, de grandes ombres bizarres l'entourent.

Groucho n'a pas peur des ombres…

…sauf si elles sont trop grandes ou trop bizarres.

Parfois, la nuit s'amuse à donner
une ombre effrayante à un être inoffensif.

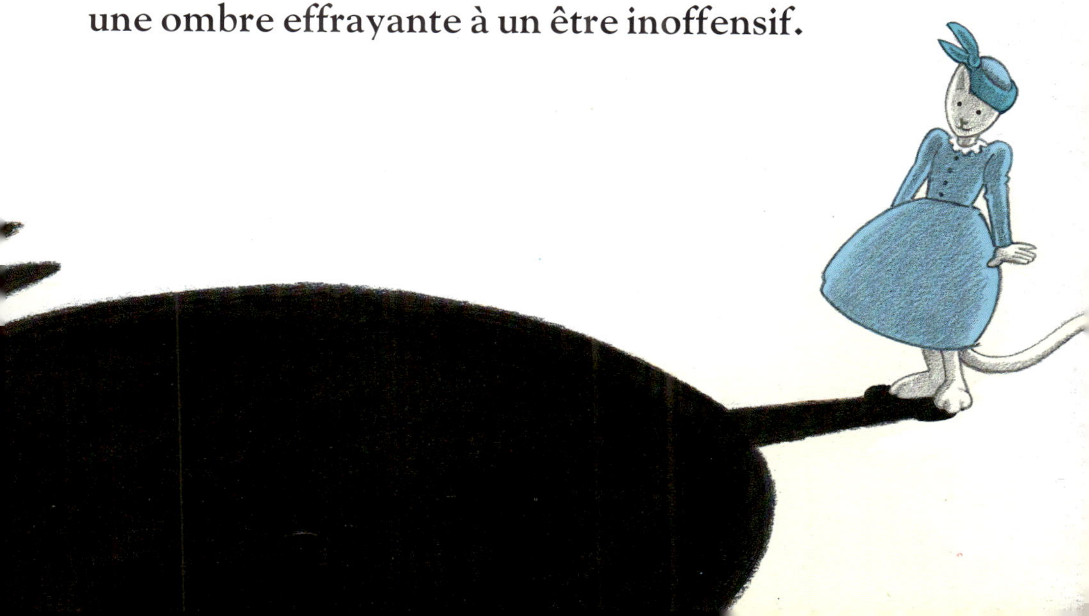

Parfois la nuit ne s'amuse plus…
Je m'appelle Groucho !
Et moi Kitty !
C'est la première fois que je sors seul, la nuit !
Moi aussi !

LE RAT D'ÉGOUT !

Fuir, fuir à toutes jambes, c'est la seule issue.

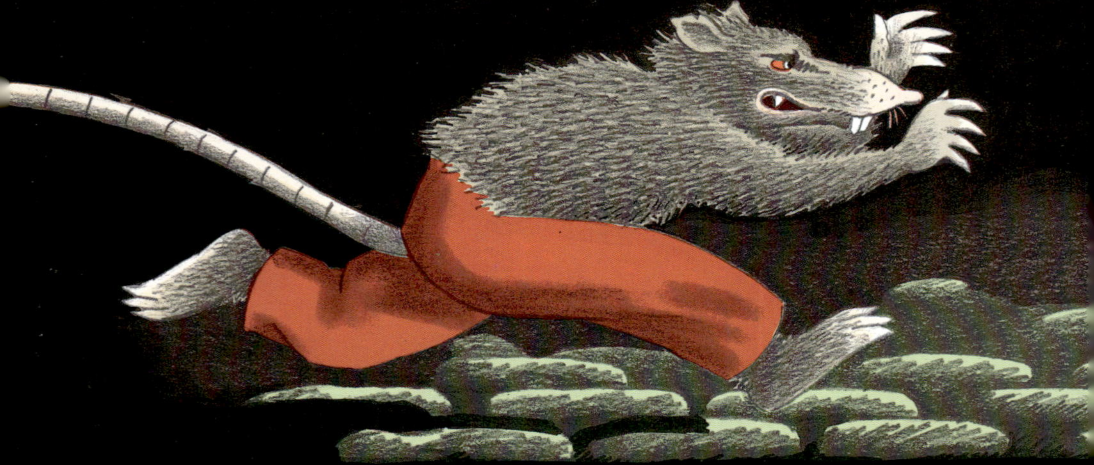

Mais la lutte est inégale.

Par bonheur, le rat trébuche.

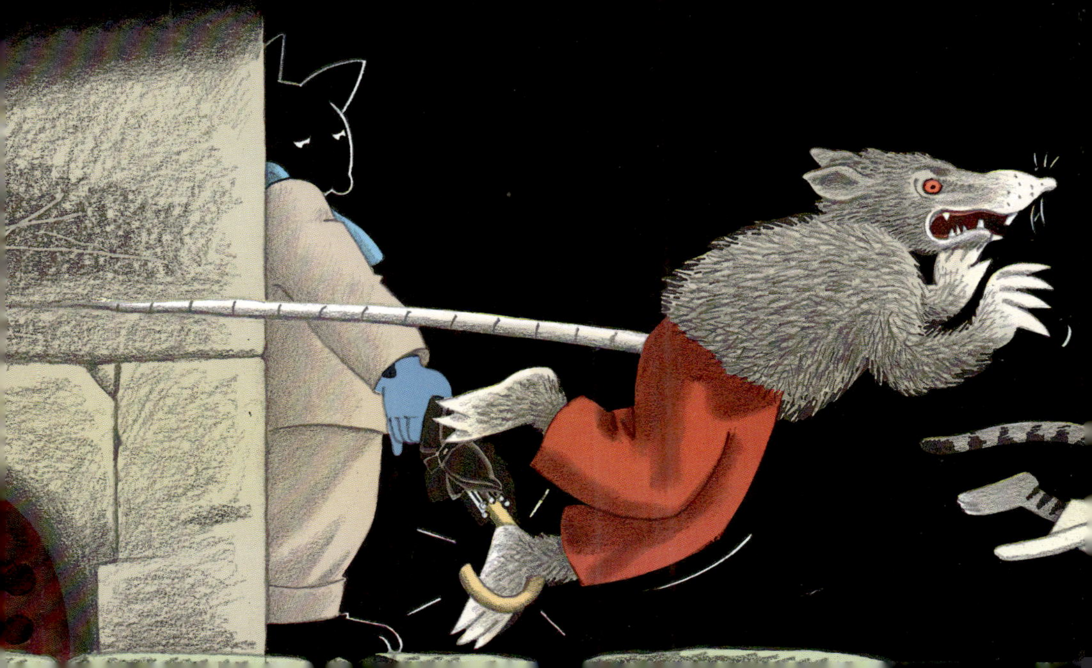

Il s'affale sur le pavé,

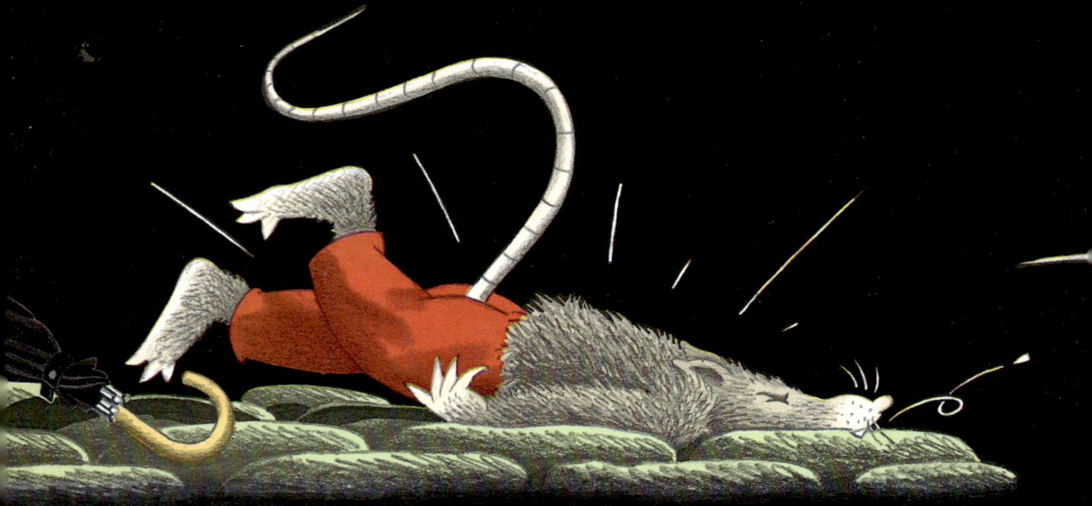

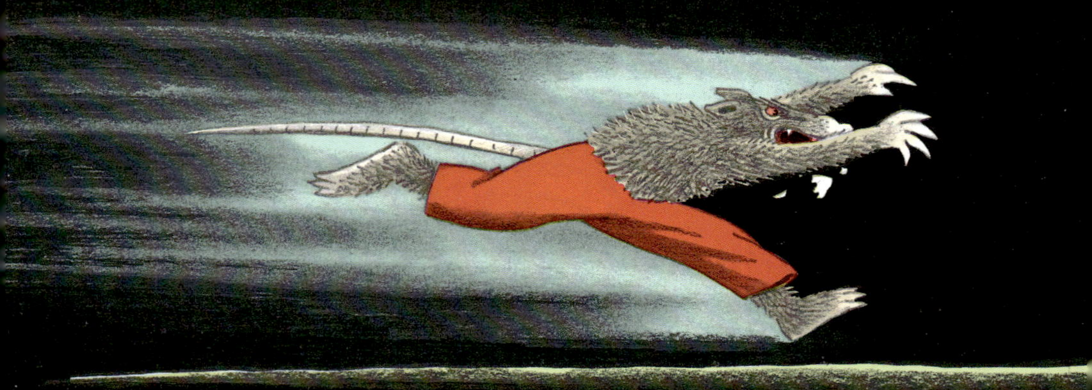

mais il se relève aussitôt, écumant de rage,

et reprend la poursuite.

«Au dernier moment», dit Groucho à Kitty, «tu passeras à droite du trou et moi à gauche !»

Aussitôt dit, aussitôt fait ! Quant au rat…
Le rat ? Quel rat ? Il n'y a plus de rat !

« Quelle nuit sublime ! » dit Kitty,
mais elle ajoute :
« Il faut rentrer à présent ! »
En effet, les chats rentrent
toujours avant l'aube.

Groucho découvre à cette occasion
que raccompagner chez elle une amie,
c'est le bonheur.

Groucho et Kitty se donnent rendez-vous, se quittent,
et Groucho, le cœur battant, regagne son toit.

« Mon enfant ! » dit sa mère.
« Fiston ! » dit son père.
« Tout va bien, mon chéri ? »
« Mais oui ! »
« Tu n'as rien de cassé ? »
« Mais non ! »
« Il ne t'est rien arrivé de grave ? »
« Non, maman… »

D'ailleurs, la nuit prochaine, je sors.